산방일기

푸른
시인선 008

산방일기

임규택 시집

푸른사상
PRUNSASANG

| 서시 |

물살이 하구(河口)에 봄을 실어 왔지만
꽃샘바람 마음은
시편으로 노 젓는 겨울 바다에 있어
툭툭, 동백꽃으로 떨어진다

아득해진 뱃길 따라
스쳐가는 얼굴들은 해안에 부딪치다
포말로 사라진다

도다리쑥국에 저문 그리움……

긴장했던 의식도
갈매기 날갯짓도 옛것이 아니니
불빛에 신음하는 비린내
반반 달 눈썹이 썰물에 지워진다.

2017년 4월
임 규 택

| 차례 |

제2부　겨울밤의 수채화

제4부   색소폰 남쪽 바다에 잠기다

| 차례 |

제5부   눈망울 속에 사는 연인

제1부

간이역에서 꿈을 깨다

단드레산방*
산방일기 · 1

길냥이 눈초리에 숲이 열리고
쥐똥나무 울 너머
휴일 없는 이웃이 노동을 업고 떠나면

전원에 사는 일이 지병이 되어
적막이 앓아눕는 고샅길

간밤에 머물렀던 도시의 체취들이
수다만 부려놓고 떠나간 산방
떨어지는 나뭇잎은 리듬이 되고
가지 끝에 앉은 새는 노래가 된다

이런 날,
볕살이라도 불러와 놀고 싶은 날

귓전에 바스락거리는 인적의 허기
겨울의 속숨이 구르는 줄 알았는데
낙엽이라 바라보니 젊음이었네.

* 필자의 집 택호.

간이역에서 꿈을 깨다

산방일기 · 2

이미, 도붓짐은 철길 위에 얹혀 있었고
무릅쓴 용기는 어리석음이 출발이었다
눈물과 함께 요란했던 봄은
쉽게 볕살을 품어주지 않았으니
보이는 길이 더욱 멀다 하였지,
오금은 밴댕이 속처럼 달라붙고
444.5킬로미터의 왕복
종착역은 지금도 이정표로 변함없는데
귀향은 처음부터 바람과의 약속이었다

얼얼하게 덜컹거리던 열차가
속도에 무릎을 부리고 헉헉거리는 동안
바퀴는 레일을 바꾸며 전원을 끌어안았다
맑고 느긋해진 기적의 여유 속으로
두고 온 바다가 스쳐 지나가고
균형으로 살아가는 수평선이 보인다

비우면 속살까지 드러내는 갯고랑처럼
썰물의 이유에서 자유로운 것보다

어렵사리 하루하루를 내려놓음이
아름다운 동반이라 꾸벅거릴 때
반쪽의 보따리를 들고 꿈에서 깨어난
그곳,
수여선(水驪線) 협궤열차가 머물렀던
성냥갑 닮은 간이역이었다.

가을 산에 들다
산방일기 · 3

마음이 몸을 비우지 못하였으니
생각도 머리를 내려놓지 못한 채
발걸음만 들어선다

허공은 조락으로 넘실거리고
바람은 묵언을 쓸어 담으며
깔딱 고개를 거스른다

갑자기 하늘이 재잘거리기 시작한다
멈칫, 멈칫
뒷짐 진 회한이 숨을 고른다

소망하던 눈망울이 긴장을 내려놓는다
하품이 난다
숲이 틈을 비집고 나의 얼굴을 바라본다

물드는 잎들의 아첨이 거늑하여
표정의 빈궁함이 구름인 양 사라진다

가슴이 얄팍해져온다
떨어지는 가을이 보인다.

문(門)
산방일기 · 4

전두엽*으로 통하는 길엔
오래된 여닫이 문짝 하나가 달려 있다
축을 지켜내기 위하여 경첩에 박힌 나사못은
착각을 조이며 관절을 앓고 있다
상상의 매무새가
실제의 얼굴보다 더 풍요로웠던 시절에는
문받이턱이 없어
열리고 닫히는 일이 지혜의 가치가 아니었지만
융통성의 틈이 헐거워진 즈음부터
당길문으로의 진화가 시작되었다
가라앉은 목소리와 헛웃음이 부대끼며
문고리와 승강이를 벌여도
가두지 못한 기억들은 숯덩이가 되어
분별력마저 내려놓은 채
이렇다 할 꾸짖음조차 없다
가끔씩
귀로 들어가서 눈으로 빠져나올
가슴 덜컹거리는 두드림만 절박할 뿐

밖으로 열리지 않는 문간엔
가까운 것이 더욱더 멀어만 보이는
안타까움이 멀뚱멀뚱 서 있다.

* 대뇌 반구의 일부로 중심구보다 앞쪽에 있는 부분. 기억과 사고, 판단
  따위의 고도의 정신작용을 관장.

뷔쏭*

산방일기 · 5

숲이
섬을 지키고 있는 이유는
흔들리며 서 있어도
외롭지 않겠다는 다짐이었다

성난 바람, 뛰는 파도의 고삐를
가슴에 묶어놓고
한 잔의 커피 향으로도 넉넉할
풍경을 그려내고 싶어서였지

역마살이 동아줄을 내려놓은 포구

꿈꾸는 바다 함께 커튼을 열어
비린내에 물들고
쪽빛에 젖어
비상의 나래 펴고 하루를 날아날아,

손겪이 꽃물이 올레길로 번지면

만남의 종종걸음들이
구름인 양 흘러 모이리.

* 프랑스어로 수풀을 뜻하며, 서귀포에 있는 카페 이름.

막걸리
산방일기 · 6

고요가 멍석을 펴고
석양을 이웃으로 불러들인다
갈증이 벌컥벌컥 문진(問診)을 써내려간다
목젖의 치매일까,
시원함에 녹아드는 헐거운 너털웃음

멀어지는 시간을 곱씹는 버릇도
6도로 달아오르는 발효의 가치
소일의 보따리가 넋두리를 풀어놓는다

한 잔, 또 한 모금……

하얗게 포개지는 기별의 아쉬움들이
어둠과의 불화를 겪는 밤
숨겨진 이야기들이 거품으로 주저앉는다

잔 속엔 고향이 아른거리고
유년의 기억이 파도처럼 밀려온다

주발 속의 턱수염,
아버지 얼굴에 땀방울이 흘러내린다.

빈자리
산방일기 · 7

되돌아올 길이 녹록치 않음을
왜바람은 알아차리고 불어오는 것인가
랑콤 향수가 밀치고 간 고샅길에
새들만 분주히 날고
전깃줄엔 늘어진 고요가 자리 잡는다
한가로움이 사치의 죄목이 되는 시간
기다림이 수행의 똬리를 틀고 앉으면
여백을 채워 나아가야 할
묵언의 반성문이 유리창에 걸린다
열두 번의 집들이, 네 번의 타향살이가
부침의 올가미였던 역마살은
좌불안석,
반쪽의 자리마저 내어준 지 오래
권위의 대물림으로 깎아 다듬었던
흉상마저 오달지지 못하니
남은 사포질 또한 네 몫은 아니다
마음의 눈으로 보이는 것은 가까이 있다
비우면 더욱더 넓어 보이는 자리,

무엇을 더 쌓았다 허물어야
어둑어둑
버스의 허리춤에서
자리의 주인이 내려서는 간절함에
눈을 뗄 수 있으리…….

얼굴
산방일기 · 8

거울에
비추지 않으면 들여다볼 수 없음이
축복이요 용기며 열정이었을 동굴,
천태만상의 얼이 들락거리다
흘린 땀방울들로 절경을 그려놓았을까
개구쟁이가 뛰어놀았던 눈언저리엔
물결의 파문이 연못처럼 고요하고
젊음이 넘어졌다 일어선 신작로에는
가로수의 조락으로 하늘이 휑하다
솔깃함만 즐기다 나락으로 내몰린
얕은 음감들이 윙윙거리던 귓전에도
깨달음이 병풍으로 둘러쳐지고
길 가림에 아둔했던 방향 감각도
바람의 곁방살이를 빌미로
가부좌를 풀지 못하고 앉았으니
입 다물면 제 앎에 사그라질 혓바늘
너덜길 얼마를 더 걸어가면

엄마 젖 물고 잠들어 있는 어린아이의
낯을 찾을 수 있을까……

한, 사람
산방일기 · 9

하오의 초대에
주파수를 타고 오신 손님
엽서에 연(緣)을 이은 나긋한 목소리
마음은 처음부터
바다를 향해 열려 있었고
그리움은 허공을 들락거리다
눈먼 이방인이 되어버렸네
남으로 돛을 펼친 아득했던 여정
하얀 동백, 연리지로 피워 올리자던 약속
파고는 그대로인데 전마선* 물길 사십 년
떨어진 봉오리는 멀미도 잊은 지 오래
세월은 허옇게 빠져나가고
단발머리 눈웃음만 등 너머 가물거리니
넓디넓은 가슴에도
적막이 물집으로 쓰라리다
한, 사람
속절없이 깃들어오는 애처로움

어둠에 지팡이 건네줄 아름다운 동행.

*큰 배와 육지 또는 배와 배 사이의 연락을 맡은 배

여 행

산방일기 · 10

함께하며 찾아가고 싶은 그곳을
지름길로 헤매느라 눈동냥만 씁쓸한데
어깻바람 부추기며 흥겨워했던
뒷자리의 목소리들이 하나둘
행선지를 바꾸면서부터
풍경은 굴곡으로 흔들리고
빈자리엔 귀울음만 어릿하다
약속으로 오고 가야 하는 교차로에도
매연으로 흠칫거리는 신호등 때문에
경적이 놀라 색깔을 일러주기도 하고
손만 흔들고 있었을 뿐인데
길 위에 또 길이 그려졌으니
창밖을 내다보며 감사하던 마음도
초조의 생채기로 한가롭지 못하다
언덕 너머 산이나 바다가 보이면
이름마저 아껴 불러보는 얼굴들
안타까움도 숨겼다 꺼내보고 싶은데
바람에

떨어지는 꽃잎만 봐도
부대끼는 나뭇잎 소리만 들어도
몸살로 앓는 여행, 살가워서
더욱더 길어만 보이는 바보 터널을
언제쯤이면 빠져나갈 수 있을까.

그곳에 다시 가보고 싶다
산방일기 · 11

해방의 감격을 꾸린 귀환 동포,
동족상잔의 신음으로 안녕을 내려놓는
민초들이 하나둘 모여들면서
다닥다닥 천막 지붕으로 맞닿은 범냇골
유년의 날들은
허기의 푸념으로 아득하기만 한데
척박한 분지 안창마을
당신의 땅이 있어 온몸을 바치셨던 아버지
다랑이 논길 오르다
개구쟁이 가슴에 찍힌 사진 한 장
새참 보따리가 눈치에 얼룩져 있고
곡식이 문맹의 치유라 이르시던 목소리
내 모습, 아버지를 빼닮은 세월이 흘러도
해와 달이 거미줄 속에 뜨고 지는 곳
골목골목 담벼락 벽화가 살가움을 더하고
언년이 숨어 살아 시(詩)의 탯줄을 감춰놓은 곳
하늘이 가까워 바람도 건들거리니
맑은 물 빨래터가 아름다웠던 냇가

숱한 사람들의 넋두리와 한을 품어 안은 채
예술로 꿈을 꾸는 항구 속의 오지
마지막 남은 부산의 달동네
그곳에 다시 가보고 싶다.

호야 등
산방일기 · 12

책 읽는 소리가 잦아들면서
불빛이 눈꺼풀에서 멀어진다
쇳소리와 함께
회초리에 자지러지는 정강이의 신음

가난의 대물림을 변명하고 싶지 않았을
호야 등 심지 속의 가슴
그을음의 늪에 목이 잠기는 동안에도
문맹이 배고픔보다 서럽다는 이야기를
되풀이하고 있었다

예감의 거리는 쉼 없이 당겨지고
질곡의 시간은 구름인 듯 거침없어
어둠을 내쫓으려 새까매진 등피
아득해진 그 얼굴 보고 싶기만 한데……

넘치는 것이 부족함만 못한 오늘
등잔 밑을 밝히려
눈 감아도 보이는 올 머리창에

뒤태를 빼어닮은 또 한 사람의 아버지가
촛불을 켜 들고 섰다.

길

산방일기 · 13

푸르렀던 날에는
부대끼며 바라보는 것만으로도
연년이 아침 같은 나날이었으나

골목이 사라져버린 동구 밖 저편
신작로를 빠져나간 길손들의 안녕으로
모정의 가부좌는 지금도 수행 중이다

침묵이 나뭇재토록
마디마디 태우기만 했을 아픔
언덕처럼 굽은 등이
뼛속까지 헝클어져 덤불로만 남았는데

무엇을 더 떨어버리려
등태마저 내어주었을까

일몰에 안타까운 노정(路程)
동행의 그림자로 뒤서거니 앞서다가

빈 지게 내려놓고
왔던 길, 뒤돌아보네.

청계천 연가
산방일기 · 14

봄날의 기억을 꺼내 들자
하늘은 변함없어 소리 높은데
소용돌이의 불빛은
빌딩 숲을 빠져나가지 못하고
지금도 눈방울 속에 멈추어 있습니다

삼삼오오
외침으로 함께했던 이방인의 가슴에
한 사람의 인연이 뜸 들이며 남아 있습니다

사라져버린 고가도로
로망이 세 들어 살았던 골목
소식 없이 멀어지는 물길을 따라
네 이름, 쪽지 배 띄워놓으니
하루가 얇아지듯 물무늬만 밀려오지만

새들이 지저귀고
물고기가 오르는 것만으로도

술래잡기 그곳은
설렘을 더하는 오월의
그리움이 되었습니다.

막차
산방일기 · 15

마주했던 동안이 촉촉했거늘
나누며 보듬었던
온기를 벗어주지 못하고
차창 속을 기웃거리는 까치발
엇박자로 가야 할 헤어짐은
간이 의자에 여운을 앉히고
칼바람을 눈으로 막고 있는데
못다 한 정겨움이야
포장마차 속에 자정이라도
붙잡아두고 싶지만
노선을 허락하지 않는 심야버스가
야속하기만 할 뿐……
우정을 싣고 떠나가는 막차가
등을 돌리면
두 달포를 주린 끈적거림이
대폿잔을 내려놓고
전원의 땅을 향해 손을 흔드네.

제2부

겨울밤의 수채화

코스모스
산방일기 · 16

볕살의 사색으로
빛바랜 표정들이
누구를 배웅하는 길섶의 손짓일까
또 한 해 물들여가는 가을이 한창인데

파도처럼 일렁이는
연분홍 팔랑개비
가슴에 묻어놓고 못다 한 사연 있어
맴돌며 부르고 싶은 허공의 노래일까

높아진 하늘 보며
풍경만 되뇌이다
구름처럼 흘러간 인연의 흔적들을
그립다 곱씹어보면 스러지는 이슬이여.

연어 이야기

산방일기 · 17

동해를 향해 달리는 차창 속에는 회귀를 꿈꾸는 연어 한 마리가 유영하고 있다. 드넓은 바다는 옛날과 변함없어 너울의 설렘은 물꽃을 송이송이 이고 어머니의 체온을 강으로 밀어 올리고 있다. 품 밖의 고향도 푸른색 하늘과 맞닿아 아득하기만 한데 도도한 욕망으로 떠났던 여섯 해, 북태평양 수만 리……. 곡기를 마다한 경이로움의 이정표에는 설악의 원천이 소금기로 그어놓은 궤도, 처절했던 지느러미의 눈썰미도, 몸짓도, 아우성도, 남은 길 북천이면 어떻고 남대천이면 어떠랴 맑은 물소리 산고요 깊어진 그곳으로 가고 싶다.

딸
산방일기 · 18

새끼줄에
고추를 매달지 못한 시간은
속죄의 기도였는지 모른다
울 너머 깃발만 올려놓고
눈치에 펄럭이는 안타까운 욕심이었을까
그지없어 멀어만 보인 까닭에
새겨 들어주지 못했던 제몫의 노래들
귀 솔도록 다그친
내려놓음만 회한으로 아려오는데……
더러는
뭍의 향기 부려놓고
나룻배 머물다 간 자리처럼 살가우니
겨울 한나절
고소한 햇살 같아라.

바람의 안부
산방일기 · 19

아이 셋이 떠나고
체취만 들락거리는 벽과 방 사이
문설주에 걸려 있는
수은주를 바라보는 일이
내 그리움의 신열인 것을 이제 알았네

가슴의 눈을 뜨자
대롱 속에 멀어지는 가을 풍경이
기다림의 부피로 충혈된 계단
진공의 통로에는
꽃피우던 날의 눈망울들이 연흔처럼 물러선다

한땐 삼동에도 아랑곳없어
몸으로 부비며 포근했던 온기
바닷길이 멀어서일까
흔들리지 않는 바람의 안부는
문틈으로 소멸되는 군기침 소리

챗바퀴 굴리듯
벗어나지 못하는 쓸쓸함의 자리는
한낮의 볕살도
가지 끝에 하늘을 이고 있는 나무도
귀를 열지 못하는 고요.

녹두골*
산방일기 · 20

원통산*으로 턱을 괴이면
백로(白露)의 걸음은
추락을 속닥거리며 다가선다
별을 치장하던 하늘이
그리움으로 엎드린
창가
소슬바람이 신열로 번지는
까닭 모를 울렁증
솔숲을 헤어 나오지 못하니
허정거리는 고독은
싱거운 수숫대처럼
아득해진 기억만
검붉게 흔들며 섰네.

* 이천시 단월동에 소재한 마을과 산.

48

부재
산방일기 · 21

나뭇잎 하나가
주인 없는 거미줄에 인적이 되는
겨울 한나절
볕살은 고양이 발자국에 묻어서 온다
개밥 그릇에 낮달이 뜨고
솔가지에 걸렸던 비닐봉지가
들판의 황량함을 일러주고 날아가면
고요가 몸살을 앓는 시간
뒤태에 밟힌 꼬리가
신열을 쓸어내리자
귀 밝은 속내가 여자로 다가앉는다
외로움은 스스로의 것이지
빈자리의 몫이 아니라 한다
집을 짊어지고 사는 게 고둥처럼
오늘도 나는
썰물의 모래톱을 거닐고 싶지만
부채꼴로 열린 쪽창을 서성이며
낡은 문자판을 더듬고 있다.

모르리
산방일기 · 22

젊음의 기억 속에는
남진, 나훈아의 노래들이
가슴에 화석처럼 새겨져 있습니다
그들이 대중문화를 선도하면서
내 마음을 지배하였던 시절
감성의 촉은
늘 편견의 늪에 머물러 있었습니다
나훈아는 입으로 노래하고
남진은 얼굴로 노래하는 줄 알았으니까요
황혼의 우정, 색소폰은
착각의 동굴을 나오게 하였지요
살갑게 다가오는 주름진 미소
감춰놓고 흐느끼는 설운 목소리
"그대 곁에 있으면 외로워지는 마음
그대는 모르리! 모르리!"
18번 연주곡
모르리는 외로움의 변이 되었습니다.

창 너머
산방일기 · 23

불면이
달빛에 그림자만 살찌우고

안길 듯
걸어오는 낭랑한 목소리
별이 초초롱하여
아리땁기만 한데

찔레꽃 설움
귀 솔도록 아려오니

바람결에 아픈
목마른 유년들

꽃맺이 되어
그립게 익어가는
여름밤.

백내장

산방일기 · 24

돋보기 너머로 보이는 것은
모두가 욕심이었다

안경을 벗어버리고 싶은 염원이
시력과 타협할 수 없는 어둠을
받아들여야 했을 때
눈은, 둘도 하나요
하나도 둘이었다는 앎에 다다르게 되었다

마음의 눈 속에
내려놓아야 할 불안의 무게가
가벼워 보였던 이유는
잃은 만큼 얻을 수 있을 것이라는 기대가
생각을 바꾸게 하는 첩경이었다

수정체에 가려진 물상들이
뿌옇게 길들여지는 안타까움을 벗어나
분별력의 한계를 넘었다는 믿음 때문에
빛은,

남아 있는 세상도 멀리 바라볼 수 있는

기도를 실어

나를 뒤따르고 있는지 모르겠다.

체온
산방일기 · 25

아버지의 광석 속에는
용해의 비중이 무채색으로 숨겨져 있었으나
인내와 기다림의 성분 때문에
표정은 권위를 지켜내지 못하고
36.5℃에서 융합을 받아들이고 말았다

소금이 물을 만나 양념이 된 것처럼
비움은 영혼마저 산화시켜
엄마의 이름으로
끝도 없을 길 위에 이정표로 남았으니

여기쯤에
나를 머물게 하여
우리의 눈으로
지나간 날 되새기며 뒤돌아보자

아픔이란
조급함이 여유로 변모하는 과정일 것이니

하나가 둘이 되어 여럿으로 모이면
체온의 흐름이 네 안으로 녹아 흐르리
마음이 따뜻해지면 모두가 아름다워진다.

고향 바다
산방일기 · 26

햇살 조릿조릿
이기대*에 걸려 있는데
내려놓지 못하는
노을만 만지작거리고

감은 눈 속엔
아픔을 품은 해안선들이
돌아갈 수 없는 사연이 되어
중얼거린다

그땐 그랬지,
파도는 가난을 밀고 와
꿈을 숨겨놓고 가버리는
단발머리 소녀였으니……

때 묻은 물금에 마음을 띄우면
잃어버린 풍경들을
찾아낼 수 있을까

바람의 손을 잡고
옛날을 노래하는 돛단배가 되어
넘실거리고 싶다.

* 부산광역시 용호동에 있는 해변 도시 자연공원.

압정
산방일기 · 27

한마디, 한마디
되새김의 쉼표가 생겨날 때마다
앉은키만큼 약속을 더하는 이력
조바심을 형광펜으로 걸머멘 채
메모판은 시간을 묶어간다
반복되는 일상이 차례를 거듭하는 동안
눈치 없는 자리가
좁은 틈새로 습기를 불러들이면
눅눅해진 기억의 구멍은 녹을 삼킨다
눈썰미도 귀동냥도
혼자 삭였으면 한숨이었을 안타까움
갇혀 있었음에 되돌아가야 하는 이유,
침봉은 미로를 일러주는 외침 같아서
망각의 한계 저 너머
별자리처럼 눌러놓은 두드림의 솟대
증발이 두려웠을
기다림의 날들이 손을 흔들며
덧씌워진 질문으로 반짝거린다.

봄날을 헤아리다
산방일기 · 28

연두색으로 화장한 마음이
들살이로 나가 앉는 까닭을
우수(雨水)에게 물었더니
목련꽃 봉오리들이
아직은, 도타움이 이르다고 한다

가을이 비워놓았던 침묵의 들판
바람살 한 오라기, 잔설 한 줌이
설렘으로 다그쳐오는 은둔의 기지개
허수아비 어깨 위에 볕살도 살가워
봄날을 헤아리다 멀어지는 산자락

노을을 품어 안고 둥지를 튼다
꽃샘하는 낙조는 홀로 기울다 섧고
낮달이 열어주는 들마의 귀로에는
숲으로 되돌아올 별들이 아장거린다.

2016.2.19

겨울밤의 수채화
산방일기 · 29

유리창 속에서도
꽃을 그리고 싶어서일까
산꼬대가
순백의 도화지를 펼쳐놓았다

뒤척이는 숨소리와
마른기침에 허허로웠을 산하
달빛은 숲을 물들이며
든직함을 다독여왔는데

가없는 여백에는
서리꽃만 만발하였고
사로잠에 돌아간 별들이
두 발을 벗어놓고 시로 걸어간 자국

기별 없이 찾아드는 문틈의 햇살
둘이서
하나로 녹아내리자 했던
푸르던 날의 약속이었네.

함께하는 길
산방일기 · 30

그림자도 마주하여
덧없이 함께 온 길
시끌벅적했던 날도 돌아보니 찰나였네
바람에 흩어진 날이 노을처럼 아쉬운데

귀 막고 눈 감은
두 손을 잡아보니
얄팍해진 손바닥에 허공만 쥐었으니
때 늦은 안타까움에 겸연쩍은 민망함

어떻게 뒤따르면
남은 길을 쉬이 할까
기도하는 마음으로 하늘을 바라보며
북향화 봉오리 되어 새봄을 맞이하리.

제3부

이천시 단월동 131-1

건대역 5번 출구
산방일기 · 31

바람이고 싶었을 만남
허리춤에 달리는 철길의 진동은
흩어지는 인연들을 내려놓을 때마다
순환의 완성으로 발을 구른다
비우는 막걸리 잔마다
싸매놓았던 아쉬움이 채워지고
선홍의 너털웃음은
공감의 백기를 어깨 위에 올린다
거스르지 못하는 눈치의 어눌함
순댓국 집 창밖은
어둑발로 잰 걸음이다
서로의 모습도 자기 것이 아니다
사위어가는 화톳불처럼
젊음의 울렁증이 뚝배기에 잠기니
머릿고기 빈 접시가 먼저 알고 다그친다
헤어짐도 그곳이 있어 정겨울
플랫폼 가로등이
느긋하게 지켜 섰는데…….

어머니 15주기 기일에

산방일기 · 32

그리움의 강이
흐르는 물소리로 깊어지면
꿈은, 귀뚜리 울음마저 돌려세운 채
어머니를 꾸고 있습니다

간절함이 향불에 닿아서일까
시월의 기억은
손마디로부터 아픔이 저려오는데

호밋자루에 남은 가난의 멍울을
낯선 시간으로 바라볼 수밖에 없으니
회한은 변명의 촛불을 밝힌 채
중얼거림으로 소실되고 말았습니다

늘 비어 있었기에 알 듯 모를 듯
가볍게만 알았던 당신의 가슴앓이……

가을을 품에 안고 산바람이 되셨더니

잊고 지내온 섭섭함도
한가로워 목이 길었던 허물도
아무 일 아닌 것처럼
감춰둔 사랑 하나를 이고
밤길로 소리 없이 불어옵니다.

수우회
산방일기 · 33

백발을 마다 않는
설컹 걸음의 노익장
여섯 원앙은
산방의 아랫목에 세월을 펼치고
수다의 연필로 초상을 그린다

바라만 보아도 서로 지워주고 싶은
허물없을 젊은 날의 궤적들
이룸과 잃음으로 패인 주름
쉬이 넓히지 못하는 미간의 여백
열정의 자화상은 마무리 중인데

사랑이 훑고 간 팔짱
미소가 새근거렸을 곱은 등에만
덧칠이 연민으로 남아 있다

그까짓, 짧은 만남이어도 좋아
앞서거니 뒤서거니

가버린 날들이 샘물처럼 솟아오르는

이야기보따리

시간은 기어가고 세월은 날아가는데…….

나팔꽃
산방일기 · 34

울안에 숨어든
흠모의 씨앗

그늘로 틔워 올린
외눈박이 덩굴손

한 사람,
민낯을
들여다보기 위하여
여름밤을 오르는데

어깨 눌린 망초대가
웃자람을 나무라니

제 몫에
고개 떨구어
햇살로 연주하는 꽃밭의
트롬본.

여름이 가네
산방일기 · 35

새들로 북적거렸던
신록의 음악회는
가지들 서걱거림에 숲을 내어주고
분주히 달려가던 골짝 물소리도
맴, 맴, 서러움 실어 갈밭을 어정거린다.
가끔씩, 높은음자리
여인의 변덕스러운 빗줄기가
시새움의 둔덕을 할퀴고 흘러가지만
하늘은 금세 강둑에 어리어
어머니 가슴으로 눈물겨운데,
처서(處暑)에 걸려 있는
아쉬움 한 자락,
생애 한 켜 풋풋한 그늘만 남겨놓고 여름이 가네.

홍어
산방일기 · 36

혀끝에 맴도는 그리움 하나
넌지시 눈을 감으니
석양 길 하늘이
살점을 붉히며 오라 한다

서해를 탐하였으나
출구를 찾지 못한 갈증이
비린내 울먹이는 목로에 주저앉으니

옹기 속 고혼(孤魂)
쿵쿵거리는 삼합의 우주
누구의 기도였을까
맛은 천국이요, 냄새는 지옥……

한 입, 또 한 잔
젖어드는 비움의 알싸함
허풍의 틈새는 그렇게 아물어가고

속내를 알아차리지 못한 발효의 열기만
게슴츠레
어둠을 잃어 비틀거린다.

이천시 단월동 131-1*

산방일기 · 37

상수리나무에 아람이 들 무렵
인연은 길을 내기 시작하였지
냉소의 눈치를 잠재우고
선택의 입꼬리를 귀에 걸어 올리던 날
설득의 몫은 풍수가 아니라
주인을 확신해준 너의 눈빛 때문이었다
허공을 노래하던 거미줄 속에
포박된 고추잠자리처럼
넌더리를 앓았던 젊음……
이제 너의 체온은
자유요 뼛속이요 어머니 가슴이 되어
새소리 바람소리 깊이로 들려주고
여의는 서녘 하늘 낙조까지 품었으니
넉넉함이 더러는 두려움이 되기도 한다
다가올 날도
보은의 소망으로 두 손을 모은다
마주할 아침이 행복이요 깨달음이다
한 가지 남은 허영

우리, 오래도록 문패를 번뜩이며
우아하게 늙어가자.

　* 필자가 살고 있는 집 주소.

부부 3
산방일기 · 38

그곳을
기억하고 있는

서로 다른 풍경에

지우고 덧칠하다
붓끝을 저며

바다를 그려놓은
아름다운
수채화.

들길에서 바라본 고향
산방일기 · 39

힘겨워
잊고 살았던 날은 있었지만
잃어버렸노라 끈을 놓은 적은 없다
그리움 마렵도록 아득해진 세월
기억은
시간을 마중물로 채우며 퍼 올리지만
다가가 쉬이 들려주지 못하는 망향가
환장한 햇살 덕에 등 떠밀린 추억들이
섣부른
경칩을 배웅하고 돌아서는 들길,

꽃샘바람은 손차양에 물들이는
노을만 휘저어놓고 흩어질 뿐
강둑은
잔설로 입 다문 채 기별 없으니
로망으로 떠나 가슴의 땅으로 눌러앉은
여기서……
고향의 봄을 기억하는 설렘이
남으로, 남으로 구름 위를 달리고 있네.

까치
산방일기 · 40

굴참나무 그늘 한 폭을
산허리에 펼쳐놓고 서로는
이웃으로 살아갑니다

숲을 덮어
대를 이어야 할 동거의 인연 때문에
자유의 저항을
바라지창*으로 나누니
둥지 트는 솜씨도 닮아갑니다

삭정이 축조술은 다를 바 아니지만
빛과 어둠의 차이를 극복해야 함은
날개의 무게를 줄이고
이상을 통로에 맞추는
비움을 알게 하지요

부대끼며 읊조린 가슴은
바람도 외로움도 품어 안았습니다

사계를 바라보며 전원을 가꾸는
도반(道伴)이 되었습니다.

* 방에 햇빛이 들도록 바람벽 위에 낸 창.

합창
산방일기 · 41

상그레한 속삭임들이
정적을 밀고 오는
봄날 같은 하늘

하나 되어
귀로 바라보는
선율의 눈방울

가슴과 가슴
맞당겨 접었다 다시 펼치면
울림이 나비 같아

아지랑이 풀어 올리듯
허공을 색칠하는 화음의 물감
호젓한 풍경이 펼쳐진다.

평상(平牀)
산방일기 · 42

바람이
하모니카를 불며
멈추어 서니

하늘의
귓속말에

구름도 수줍어
햇살을
숨겨버렸네

느티나무
그늘
밑.

토끼 한 마리
산방일기 · 43

눈동자 속에 붓끝을 적셔놓고
물끄러미 밖을 바라다보았다
갑갑했을 어리를 뛰쳐나온 것일까
쫑긋 세운 귀에 두려움을 굴리더니
댓바람에
군기침의 꼬리라도 잡은 듯이
명상을 나누어 갖자고 눈을 꽂는다
유리창 하나를 사이에 두고
느끼는 온도만 서로 다를 뿐
진정성이 통한 것은 죄 없음의 확신일 터
출생의 수수께끼로
지척에 산을 두고도 오르지 못하는
도돌이표 한살이
귀향길도, 응원해줄 시간도 놓쳐버린
옹색한 나그네의 여정
동병상련이 나눈 짧았던 명상이
경운기 소리에 자지러지는 뜀박질
어느 적막한 이웃의

말동무였을 동동걸음은
한 편의 시를 남겨놓고 사라졌다.

수요 시 모임
산방일기 · 44

저마다
펼쳐놓은
시편의 밥상 위에

머무는
생각들이
뿌옇게 내려앉으면

엇갈린
상상 속에서도

이슬비 내리듯
촉촉이 젖는 가슴.

간장 독
산방일기 · 45

검붉은 면경
하늘로 지른
쪽머리 비녀
여인의 매무새가
세월을 품어 안았네
하얗게 침전(沈澱)된
손끝의 발효.

제4부

색소폰 남쪽 바다에 잠기다

독백
산방일기 · 46

눈 내리는 날은
우듬지에 올라서서
골목길을 지키고 싶다

어정뱅이 찔꺽눈이
지질타 하여도
빛을 버리고
고요를 껴안은 나달의 자유

기다림에 덩달아,
살아 있어
잊히지 않는 모습

허상이어도
간절함은
한량없기만 한데…….

아름다운 날
산방일기 · 47

꽃비에 바람난 민들레
술 취한 나비 같으니
산벚잎
홀린 듯 아지랑이 실어 나르고

비탈로 주어진 삶
담쟁이 숨비소리
처마 끝에 울대 괴어 하늘을 바라보네

숫접은 백목련
마디게 부르던 연모의 노래
밤이슬
검게 젖어 넋으로 떨어질 때

도홧빛 넘치는 산비알
결가부좌 풀고 서는
대추나무 마른기침

사월의 마당은
빛이며 색깔이요 소리로 살아가야 할
생명들로 북적거린다.

색소폰 남쪽 바다에 잠기다

산방일기 · 48

간절함이 나부끼는 밤은
옻빛 바다에 가슴을 부려놓고
팔등신의 허리를 감아 출렁거리고 싶다
낯익은 하늘
혀끝은 별 숲의 유랑이 되어
뭍의 소식으로 닻을 올린다
가고파……
항로번호 : 553, 사장조, 4/4박자
상기된 눈빛은
붉은 부표를 날줄에 띄워놓고
뱃길을 따라 나선다
오선의 흐느낌으로 밀었다 당겼다
입술이 어르는 음계의 챔질
어느덧, 어깨는 만선으로 덩실거리고
코끝에 씨근거리는 옥타브
그리움도 깊어지면 잠겨버린다
선율이 달빛에 젖어버렸다
창가엔 고향이 가까이 다가와 있다.

조지혜, 하늘 길에
산방일기 · 49

한 톨의 씨로
붓꽃을 피워 올리고 싶었는데
봉오리마저 내밀지 못하고
사그라지는 침묵이여……

무엇이 그리
줄 것이 많았을까
열네 개 푸른 잎에 꽃을 그려서
여름을 씻어주고 가을을 남겼으니

입가에 남아 있는 천사의 미소는
남겨진 인연들의 여백이 되어
엄동에도 춥지 않을 풍경 되었네.

2014.9.1

지워지는 것
산방일기 · 50

뜸했던 목소리에
마음이
노을에 들켜버렸네

빨갛게 물들어가지만
벗겨진 물고기의 비늘도
실로 하나
가리고 싶지 않는 빛살이다

잊어지는 것보다
지워지는 오늘의 안타까움 앞에
서로는 지금껏으로도 감사해야 한다

새로이 만나고 맺어야 할 인연도
그리 녹록치 않음을 알지만
지울 것은 지워야 하고
잊을 것은 잊어야 한다

내일도
무지개를 피우기 위하여
비를 참아야 하는 하늘같이.

수요일의 우편함

산방일기 · 51

집배원이 다녀간 오후는
고요의 두께가 바람을 베고 눕는다
풍경만 어루만지다
집바라기 내숭을 커튼 속에 숨기고
발신인의 이름을 퍼즐로 맞추어본다

기다림의 나날을
기울기로 버틴 발효의 인연
나른함을 드러내어 졸고 섰는데
우편번호 함께한 저마다의 속내
모습이 궁금한 초대의 주소들이
약속을 늘어놓는다

문학동네, 도심의 웨딩홀, 패션의 명당,
현해탄을 건너온 어설픈 문안까지……
아뿔싸, 허물없는 전령사
틈을 허락하는 장소
선술집 엽서가 보이지 않는다

멀거니
알짜의 마음은 잇닿음을 내려놓고
수요일의 하늘을 바라만 보네.

한가위
산방일기 · 52

감나무는
자배기
연못에
홍시를
익히고
섰는데

달 묻은
하늘이
빠끔히
내미는
별 눈은

엄마가
그리운
붓끝이
되었네.

몽돌
산방일기 · 53

흐르는 물소리에
바람이 잠기는 까닭을
구르는 돌멩이들은
열정의 몫이라 믿지 않았다

여울의 신들림에
만남의 더께들이
닳기도 닳기도 하였으나

굴절된 아름다움이
행방의 꼬리를 늘어트려
다다라야 할 곳을 잊고 말았다

바다는 언제나 동경의 대상이었다

시간의 겹을
낮은 곳에서 쌓으면
강섶의 모래톱에서도
반질거리는 몽돌을 찾을 수 있을까.

영산홍

산방일기 · 54

잠 설친 산꼬대
하늘 떠 바친
연둣빛 아침

흘겨본
목련의 이별
감당키 어려운 사월이 갔네

황량한 비탈
붉게 밝히는

오월의 가슴에
바람은
안겨보고 달려왔을까

밤바다
산방일기 · 55

외로움이 좋아서
섬으로 살았더니
구름의 그림자도 홀로여서 머무는가
바람을 붓 끝에 찍어 달 속에 시를 쓰니

마중 나온 새벽별이
산산이 흩어지며
세상사 궁금하면 파도가 되라 한다
아프면 되돌아오고 반가우면 부서져서

불빛 널린 물결 따라
유년으로 흘러, 흘러
갈매기 날갯짓에 그 시절을 실어 가면
물갈기 보이지 않는 까마득한 수평선

기다림을 포용하는
어머니 자궁처럼
하루가 깨어나고 비린내가 펄떡이는
내 안에 머물러 사는 그리운 고향 바다.

정류장
산방일기 · 56

문자에 갇힌 소식들이
수다의 날개를 달고
한강으로의 비상을 서두른다

맞잡은 손, 집게발
뜸했을 얼굴들을 반기려
흩날리던 눈발이 꽃길을 열어준다

설렘이 잠시 머무는 곳
정류장은 비어 있어도
정겨운 인연들의 체온이다

찌그러진 종이컵이
가쁜 숨 밀고 왔을
유모차의 주인을 기다리다 손을 흔든다
버스는 여운을 태우고 달린다.

두통
산방일기 · 57

앞질러 가던 동동걸음이
촉수를 세워 제자리걸음을 하고 있다
다다라야 할 곳은 끝이 없고
겹쳐지는 발자국마다 쌓이는 것은
덧없음으로 되돌아오는 조바심과
균형을 놓친 두통의 오해뿐이다
금이 간 자배기에 물을 담으면
빈궁함의 얼룩이 바닥으로 번지듯
하찮은 변명도 까닭 없이 앓는다
적정을 벗어나 얻어지는 것은
허울이며 어리석음이다
잃을 것도 버릴 것도 없을
절제의 기형은 행동의 반복보다 추하다
두통은, 포장된 욕망의 기대가
참 나로 돌아가면서 알려주는
부풀려진 값이 아닐까
불공평을 겸허히 받아들이면
여유가 통증의 꼬투리를 내려놓을 것이다.

간조
산방일기 · 58

바람에 일어서는 갯벌
물살의 치맛자락 따라
유년은 저만치 서성이는데
그리움 삭이는
햇살 위로
황톳빛 파도 한 모금
향수의 갈증으로 밀려오니
지고 온 무게만큼
달려가고 싶은 수평선
눈으로 만지작거리다
사그라지는 노을
갈매기 울음으로 붉게 적시네.

채마밭
산방일기 · 59

하루가
나비처럼 내려앉은 곳
펼쳐진 것으로도 넉넉했던 풍경들이
바람 앞에 겁먹은 표정들이다

이변을 불러들인 오월
심술이 훑은 널브러진 여백에
호미 끝은
수채화를 고쳐 그린다

어느 것 하나
쉬이 이루어지는 것은 없었다
장마의 두려움도 모르는 일처럼
뿌리로 꿈꾸는 이랑 속의 여정들

여유로 포장된 결핍과 외로움이
주인의 몫인 줄을 알기나 하였기에
남새들은
덧칠을 견뎌내고 햇살을 다시 품었나 보다.

공존의 이유
산방일기 · 60

……장마

야음을 뚫고
고라니 가족들이
마실
다녀갔습니다

고구마 이랑
발굽으로 읊어놓은
시 한 수

흠뻑 젖으면……

패인 가슴 또한,
스스로
메워지리라.

제5부

눈망울 속에 사는 연인

장모님 영전에
산방일기 · 61

먼 길을 하루처럼 별같이 살아
뒤란에 도란도란
도라지를 닮았던 당신

씨방으로 하나 되는 가을이 오면
숨겨논 이야기들
몽우리에 움켜쥐고
솔가지 갈바람에 흩뿌리고 싶었을까

보랏빛 미소로 펼쳐놓은 은하수
나긋나긋 맴도는 고운 목소리
밤이면 오시는 듯
하늘에서 반짝이네요.

박새를 엿보다
산방일기 · 62

만남에는
먼 곳이 따로 없어
환승에 쫓긴 발길이
하루를 맡기고 멀어져갔다
어깨 위에 내려앉는 풍경이
햇살로 아득함을 데워갈 무렵
발톱에 주소를 새기며
편지통을 들락거리는 박새 한 마리
꼬리는 누구의 손짓이며
부리는 무엇의 다급함인가
무지는 아랑곳없어 겨울나무가 되었다
둥지는
동그란 알을 꿈꾸고
가지는
흔들림으로 봄을 헤아리는가.

유월을 깨우다
산방일기 · 63

총성을 묻어놓은 환갑의 세월

자유와 평화로 앓는

영혼들의 신음이

연둣빛 절정을 키워내고 있건만

여름의 길목으로 잊혀만 가는가

가끔씩

바람과 구름만이

네 이름 불러보며 스쳐 지날 뿐

분단의 쓰라림도

풍요에 잠겨버리고

목숨으로 시간을 완성한 충지에게

묵념의 발길마저 민망하니

애국의 불꽃을 안고

꿈속에서도 놀라는 영웅들이여

얼마를 헤매 돌아야

역사는

그대들을 깨울 수 있으리…….

손님 같은 손님
산방일기 · 64

주말이면
마중하지 않아도 섭섭다 않을
손님 같은 손님들이 찾아온다
약속 없는 그리움들은
무슨 사연을 지고 이고 들었을까

설렘의 표정들이
하룻밤의 보따리를 풀어놓는다
언제나 짐작이 앞섰듯이
집 나선 길이 헛발질은 아니었기를……

긴장은 안도의 어둠 속으로
지는 해를 실어 보낸다

모기향에 삼겹살 연기,
시름이 묻히고 웃음이 자지러진다
초롱한 별들은 내일도 반짝일 수 있을까
잠자리에 들지 못하는
손님 같은 손님들.

행복한 동행
산방일기 · 65

아내는,

아침에 어머니
한낮엔 누나였다가
저녁이면 친구가 되는
사이,

하루는 꽃으로
한 달은 잎사귀로
한 해를 뿌리로 바라보는
느낌,

공수래공수거
사십오 년 밀고 굴러도
넘어지지 않는 굴렁쇠
호흡,

마음앓이
산방일기 · 66

민낯의 아리따움은
지금도 변함없이 철쭉 같은데
윤똑똑이 눈부처는
오월이면 몇 번이고 멀미를 한다

같이 아파해주지 못해
텃밭의 감자꽃이 되었다가
뒤란에 허기진 찔레였다가
빈 마당 초롱불 감꽃으로 피었더니

홍시를 품으려
빛살 줍는 여정 속으로
잎사귀처럼 사그라진다

힘듦도 두려움도 없었던 일처럼
지켜온 어깨 위에 섧게 배인 얼룩들

지워줄 수 있다면

나는
남아 있는 날들을
새물내 바람 되어 일었으면 좋겠다.

청국장
산방일기 · 67

냄새는
맛의 고향에
육 남매를 묻어두고 있다

들판의 나락이
혀를 내물고 익어가던 날
산을 맴돌던 연기가
가난을 에워싸고 있다

한동안
짚풀을 품었던 은둔의 모정
뚝배기에 담긴 어둠이
가을을 끓인다

빗장을 늘어뜨린 대문 틈으로
뒤 코 터진 하얀 고무신 한 켤레가
댓돌에 가지런하다

두레기상에 하루가 마주 앉는다
입천장을 데어도 좋았지
밥그릇엔
끝이 없을 시장기만 웅성거린다.

러닝머신
산방일기 · 68

두 사람의 하루는
수평의 전동벨트 위가 출발이다

지나온 거리보다
가야 할 길이 더 남았을 것이라는
주술문을
버릇처럼 중얼거리며
덜컹거리는 무릎이 속도를 앓고 있다

내색하지 말아야 할 관절마저
별이 쏟아지는 모니터에
모르스 부호를 실어 나른다

씨근거리는 자아 본능…
스피드와 보폭과 열량이
뱃살의 과오를 나무라기 시작한다
경사도가 제자리로 돌아온다

촉촉해진 등줄기의 땀방울이
숨고르기 모드로 전환된다
아침이 먼저이어야만 하는 이유,
내일의 약속이 신발 속에 적힌다.

수건
산방일기 · 69

감사의 사연을 새겨
하객의 답례가 되었던 날은
새색시 저고리의 새물내 같았지만

덧씌운 베갯잇이 되어
초로의 밤을 함께 뒤척이면서부터
불면이 흘린 땀을 적시느라
운명은 허울로 찌들고 말았다

부풀었던 시간은 빨리 가는 듯
포근했던 날의 정다움은
짧아도 선택이었다
이제,
꿈결의 동반자로 이름을 다하였으니

희미해지는 활자의 편린……

걸레가 되어버린 수건은
다시 수건으로 되돌아갈 수 없음을 안다

걸려 있어야 했을
그 자리를 아쉬워하며.

송년 밤의 이야기
산방일기 · 70

산방지기 두 사람이
그리움의 상을 차립니다
비어 있는 자리를 채우기 위하여
부침개를 부치고 치킨도 시켰지만
한쪽은 분위기가 궁하다 하고
한 사람은 맛이 부실하다 합니다
적막한 세모가 눈치로 내려앉은 밤
얄팍해진 소신은 산복도로가 되고
속수무책은
바람으로 달리는 자동차가 됩니다
만나야 하는 장소는 같지만
속도는 서로 다릅니다
소맥은 차선 변경 거침이 없고
치맥은 가다 서다를 반복합니다
겸손이 사라진 기대는
불빛을 버리고 쉼터로 들어섭니다
또 한 번,

닿아걸었던 겨울 이야기들이

한 장의 엽서도 채우지 못한 채

아쉬움을 비켜 세우며 멈춰 섭니다.

망향가
산방일기 · 71

아득한 수평선은
보라는 듯 언제나 그대로여서
잃어버린 나의 고향은 바다가 되었다

더하면 닻 거두고 덜하면 노 저어
가난을 안아주었던 항구

그리움 흘러 모여
약속으로 북적거리던 영도다리
포기하고 싶었을 때마다
억척의 사람 냄새 시끄러웠던 자갈치

비린내를 잊지 못해
향수는 낡은 통통배가 되어
해안을 전전거리고 있는지 모른다

뭍에 두고 떠났던 바람 같은 젊음
황혼에 반짝거리는 물결이 되어
서러움 품어 삭히는 엄마 닮은 바다가 되었다.

연날리기
산방일기 · 72

처마 끝에 볕살이 한가로운 날

둘이는 방패연과 얼레가 되어

남쪽 바다를 안아보고 싶다

멀어진 날의 흔적을 띄우기 위함은

풍향의 도움 없이 소망으로는 어렵다

마파람의 도움으로 오른다 해도

기억을 찾으려면 저항을 수용하여야 하고

편견을 비껴 세워야 한다

서로의 역할은

비움과 양보와 끈기가 순서의 가늠이다

댓살과 실의 균형은

삼각을 이루는 하나의 꼭짓점이

믿음이고 애착이기에

속도에 연연하지 말아야 한다

거리를 버리면 더 오래 머무를 수 있을까

고도는 중요하지가 않다

쪽빛 물결,

함께 넘실거릴 수만 있다면…….

눈망울 속에 사는 연인
산방일기 · 73

바람 자락이
풍경을 시간으로 흔든다는 것을 느낀
어느 날부터
눈망울 한곳에 댕기머리 늘어뜨린
연인이 세 들어 살고 있음을 알았습니다

그는
동의 없이 둥지를 틀어서인지
마주할 때마다
기도하는 두 손을 내려놓지 않습니다
민망스러움도 혼자 감추려고만 합니다.

연륜의 변화를 받아들여야 함에도
눈가에 피는 주름의 의구심을 떨치지 못하는
본능의 오해를 설득하려 합니다

산방의 나날은
지는 해가 아름다운 착시의 거울이었다가

색 바랜 기대의 연못이 되기도 합니다
어둠이 짙으면 눈 가에 나와 앉은 그림자의
숨소리도 서럽습니다.

파도
산방일기 · 74

밤이면
쇳소리 카랑카랑한 아버지 목소리가
달을 재우고 별을 달래는 절창이었다가

새벽엔
향수를 잃어버린
개구쟁이 머슴애가
물을 지고 되돌아가는 하얀 그림자.

들풀
산방일기 · 75

초록의 숨소리는 화려함의 여백이다
꽃보다 먼저 왔노라 항변하고 있지만
관심은 봄날의 밖이다
흔들리는 일이 팍팍한 삶이었으니
바람과 함께했던 시간이 수행이었다
아낌없이 푸르렀던 여름날의 열정이
한 뭉치 덤불이 되어
아궁이에 던져진다 해도
어느 누구
허접쓰레기라 부르지 않아,
재는 한 줌으로도 아름다운 순환이었다.

작가의 말

아픔으로 들어선

시와의 궁색한 관계 때문에

눈치를 이고 유년을 방황으로 익혔습니다

결기를 지켜내기 위하여

이방인의 세파를 서럽게 넘어설 때마다

가치관의 혼돈이 목적과 엉키고 충돌하였지요

현실과 타협하느라

감성과 상상력은 확신이 무딜수록

두려움과 고집으로 앞서 갔으며

가슴에 묻고 있었던 얼굴들은

그리움의 대상이 아니라

넘어야 할 현실의 벽일 뿐이었습니다

고희를 살아오며

열정의 끈을 놓지 않았던 문학은

나이의 더께만큼 천박하지 않으려는

절제의 처방이 되었는지도 모르겠습니다.

은유하고 응축하며 자술하여 드러냄이

참으로 행복했던 시간이었습니다.
세 번째 시집을 상재할 수 있도록
아낌없이 격려해준 사랑하는 가족들에게
감사를 보냅니다.

2017년 4월 25일
이천 단드레산방에서
삼가 임규택

저자소개

임 규 택

1948년 부산에서 출생하여 『한국작가』 신인문학상(시 부문)으로 등단하였으며, 현재 한국문인협회 회원, 경기이천문인협회 회원, 경기광주문인협회 회원, 한국작가 동인, 단드레산방지기로 소일하고 있다. 저서로는 『빨간 우체통』 『고향이 보이는 창』 『산방일기』 등과 공저 다수가 있다.

푸른시인선 008

산방일기

초판 1쇄 인쇄 · 2017년 5월 9일
초판 1쇄 발행 · 2017년 5월 15일

지은이 · 임규택
펴낸이 · 한봉숙
펴낸곳 · 푸른사상사

편집 · 지순이, 홍은표 | 교정 · 김수란
등록 · 1999년 7월 8일 제2-2876호
주소 · 경기도 파주시 회동길 337-16(서패동 470-6)
대표전화 · 031) 955-9111(2) | 팩시밀리 · 031) 955-9114
이메일 · prun21c@hanmail.net
홈페이지 · http://www.prun21c.com

ⓒ 임규택, 2017

ISBN 979-11-308-1094-2   03810

값 12,000원

푸른
시인선
008

산방일기

임규택 시집